JN108978

s a k u r a i r o

さくらいろ

澁谷さくら川柳句集

Shibuya Sakura
Senryu Collection

Senryu magazine
Collection No.15

新葉館出版

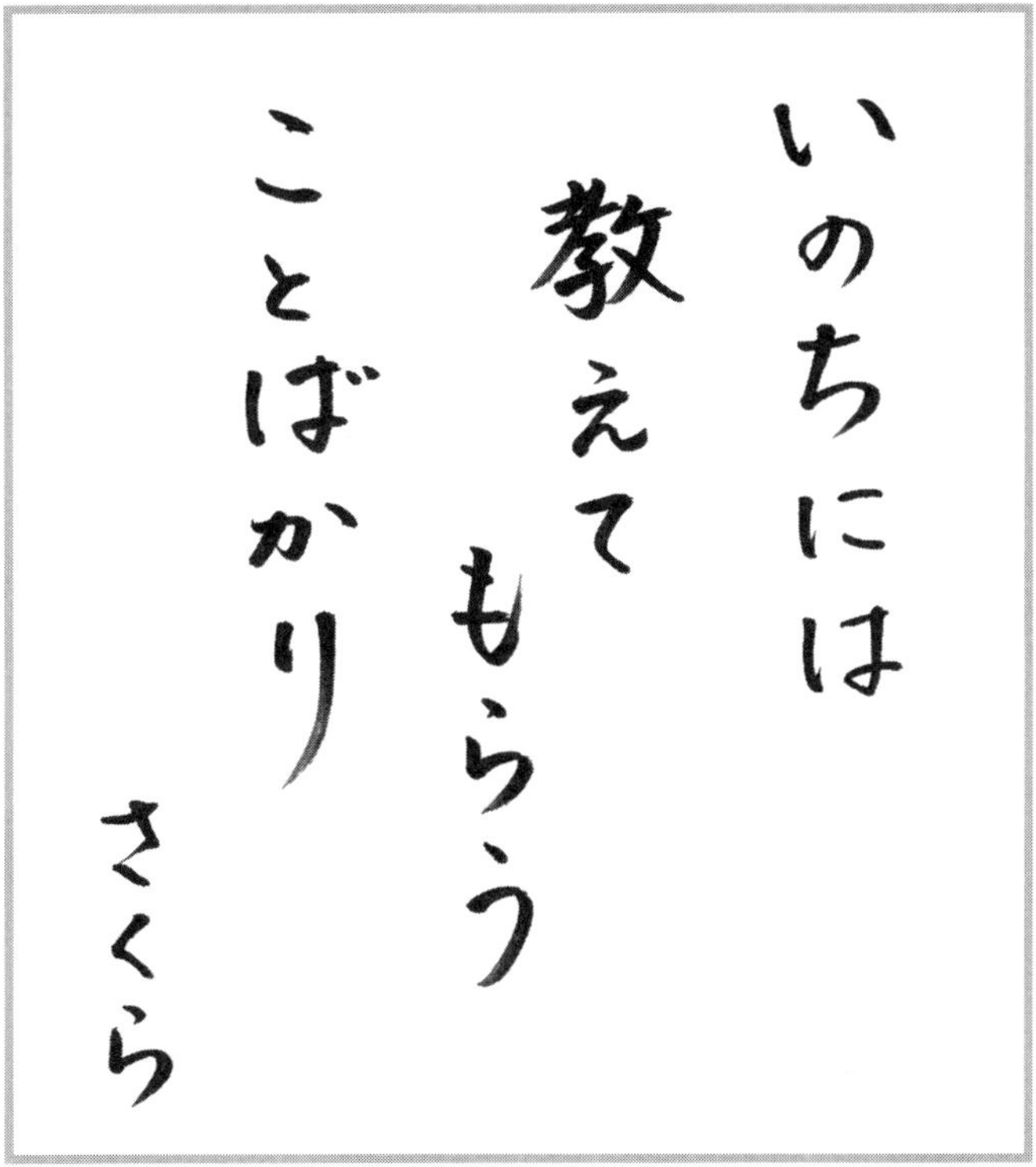

第15回川柳マガジン文学賞大賞受賞作より
書：著者

白衣着る

（第十五回川柳マガジン文学賞大賞受賞作品）

白衣着る天使ではなく人として
泣きむしのナース泣く場はわきまえる
いのちを守るチーム茶髪もおばちゃんも
傷つけるだけにはすまい針を刺す
毒になる薬くすりになれる毒

死に近い場所で際立つ生きる意味

いのちには教えてもらうことばかり

生きて死ぬ人みなひとの手をかりて

重々しくも軽々しくもない看取り

白衣ぬぎその日の味の酒をのむ

さくらいろ ■ もくじ

さくらいろ

この世の色

カラフル

モノクロを極彩色にした出逢い
溶けあった色があらたな味を生む
多面体当たる光で変わる色
木蓮の白さ枯れても忘れまい
あるだけの絵の具で描ける自分の絵

似合わない色に魅かれることもある
風もまたその日その日の色で吹く
紅葉をしたい日もある常緑樹
過去の絵を優しい色で思い出す
カラフルなこの世見飽きることがない

神さまにもらった色でさくら咲く
雑草のひとつひとつにある名前
名を知れば友だちになる山野草

春の宵すこし浮かれて出す尻尾

野の花は我流に咲いて調和する

菜の花の黄は菜の花だけが持つ黄いろ

花が咲くその手の触れたところから
酔芙蓉ほどよい酔いのいろで咲く
もういいよもういいのよと散るさくら

うまい酒甘さ辛さをあわせ持つ
くせのある酒と男にあるうまみ
カクテルで意外な味を出すコンビ

実のならぬ花がこんなにうつくしい

ぬる燗にゆっくりとけてゆく仮面

死後の美酒よりもこの世の酒の味

寄りそって互いを生かす花器と花

白萩は咲いて散るまで白い萩

思惑は決してみせぬ鳳仙花

あしたには切られる柚子が実を生らす
紅葉に染まるこころで逢いにゆく
ピサの塔あやうさゆえのうつくしさ

月の裏だれにもみせぬ顔がある
いくさなどあると思えぬ青い空
ゲルニカを描いてはならぬもう二度と

うつくしい絵画になった老夫婦

再生紙つぎは優しい絵を描こう

B面で意外な色をのぞかせる

花ひとつ色褪せた絵に描きそえる
だまし絵に隠れた鹿を見つけだす
忘れえぬ絵が遠景になってゆく

道草のおかげで見えたこの景色

ゆっくりと歩いて風のいろを知る

まだ見えぬ景色みたくて登る山

頂上をめざす途中もいい景色

見ていてもみえてはいない青い鳥

こんなにも暑い地上をめざす蝉

大海の流れをつくる雑魚の群れ
飛ぶ鳥はゆくべき空を迷わない
蝉しぐれ世界はきれいだったかい

坂こえてはじめて見える空のいろ
矛先をじょうずにかわす金魚の尾
ひっそりと神の死角で逢うふたり

黄信号駆ける若さを遠く見る

手のひらでやんわり返す風の向き

引くことも勇気とさとす山の空

それぞれの金魚に似合う金魚鉢

水かきは止めず優雅に泳ぐ鳥

深海の大波おもてには出ない

ゲルニカの隅に一輪咲く希望
天敵はヒトかも知れぬ青い星
うつくしい器が火から生まれ出る

たましいの色が似ていて魅かれあう
虚像だと知っても虹にあこがれる
ひとの手はつなぐかたちにつくられた

いつの日も遙かな尾瀬が胸にある
ゆるされてゆるして咲いて散るさくら
神さまの絵筆この世はうつくしい

満ち欠ける月

流転

ふりだしに戻る覚悟はいつもある
青かったその身を蝶は振りむかぬ
恋抱いて月もやせたり太ったり
淡く濃く四季をいろどる女偏
燃える日も秋ひたひたとせまりくる

凪ぎのあと風の流れが変わりだす
ゆっくりと赤い実になる花水木
踏みしめた軌跡もやがて雪に消え
めぐりくる春うたがわぬ冬木立
捨てるたび豊かになってゆく器

めぐる春また咲くために散るさくら
もういないひとと一緒に見る桜
葉桜もやがてまた咲くさくらの樹

日々あらたこころの花を生けなおす
紫陽花のこころ変わりは責めぬ雨
傾いた月はだれにも止められぬ

散りぎわの花がひときわ匂いたつ
やがて来る冬を見据えて燃える草
忘れまいきれいに咲いた花の跡

風吹けば消える砂絵をまた描く
まっしろになってふたたびあいましょう
酔うまではとてもきれいに引けた線

手を離すための握手をした別れ
酔いさめてもうこの橋は渡れない
間をおいてみればすんなり出るこたえ

すきだった香り近頃なじまない
若かったねと馬鹿だったねはよく似てる
引き潮は満ちるちからをたくわえる

水を得るまでは迷っている魚
だんだんと丸を描くのがうまくなる
跳ねすぎた毬がこの手にかえらない

錆びてきた合鍵すこし重くなる
今だから言える話で尽きぬ酒
今日よりも賢くなっていたい明日

その日まで刹那をともに慈しむ
花咲く日だけが華ではないさくら
変わらないための進化をしつづける

通奏の愛

おんがくのある風景

調律の音でわたしもろ過される
まな板の弾むリズムで明ける朝
いい音が鳴れば料理もできあがり
聞き飽きた愚痴はＢＧＭにする
♭でアンニュイな日もアクセント

ちがう声よりそいハモるうつくしさ
向きあえば譜面もひともうちとける
じっと聴くやがて浮きだす主旋律
うつくしい音の余韻で終わる恋
通奏の愛が低めに鳴りつづく

いてくれるそれだけでいいひとがいる
ひとりよりさびしいこともあるふたり
わかちあう水はまだある甕の中

ねむりから覚めてあなたがいる至福

もういくつねるとあなたに逢える朝

幻想のワルツがいまも止まぬ耳

逢える日は雨の音符も弾みだす
打楽器が原始の鼓動呼びさます
半音のずれた和音にある妙味

横にある寝息がいつも子守唄
静けさをもとめてきょうは全休符
休符あとこぼれはじめた愛のうた

寄りそえばきれいにハモるまるい音
オルゴール昔むかしを揺り起こす
乗ってきた頃に無情のエンディング

逃げだした音をさがしているピアノ
サビシイと言えずさびしさ増してゆく
今できる愛ただそっと距離を置く

無理なことむりでなくなる好きだから
果たせない約束ゆえにある絆
それぞれの持ち場できょうも守る城

いつまでも子どもでいたい親の家
にじませた絵の具優しい嘘をつく
いつか来る別れの日まで愛を積む

夢でしか逢えぬひといて目を閉じる
雑踏にたったたひとりの背をさがす
降り止まぬ雪と未練が積もる胸

呼びかけてこだまが返る安堵感

平凡な暮らしを守り光る汗

愛の字をいくつ書いてもまだ孤独

そばにいるあなたがきっと青い鳥

常緑の松が迎えてくれる家

ほとばしるものを抑えて送る駅

思慕ひとつ抱いて暮色にまぎれこむ

長距離のこころをつなぐ定期便

その愛はむくわれたかいごんぎつね

あの夏にわたしのこころ置き忘れ
名をつけてしまったモノは手ばなせぬ
ハリネズミどうし仲良く保つ距離

いつの日かあなたとわたしおなじ土
ツッコミのあなたがいなきゃボケられぬ
あなたには見抜いてほしい嘘をつく

箸ならび今あるもので満ちたりる
荒れた手はたくさん花を育てた手
ドに跳んでまたドに降りる人生譜

未完成さがしつづける音がある
響きあうこだま新たな歌を生む
締めくくる音は明るくかろやかに

縁あったひとと一緒に老いてゆく
一生をかけて育ててみたい恋
花を抱くように抱かれてさくらいろ

今、ここを生きて

今ここを生きるいつかはみんな風
欠けてまた満ちるこころもあの月も
その年にならねば見えぬものがある
平凡を積みかさねるという非凡
生きてきたように死にゆく嘘のなさ

もう聞けぬ小言がいまも生きている
おたがいが相手の杖となる齢
在るものはいつかなくなるたしかな絵
半世紀生きてこの身はまだ青い
永遠はないからいまがいとおしい

泣く笑う生きてこころがうごくから
雑用がたくさんあって救われる
時々は自分のための花を買う

ひとの血の赤さぬくさを知る仕事
病む老いる中にもひとのすこやかさ
まなざしと手でみまもると書き看護

冷えきった命いのちであたためる
正解は人それぞれにある看取り
臥せながら家族の見えるベッド位置

最後かも知れない父の背を流す
もうどこも痛くはないね白い骨
生ききってついた眠りのやすらかさ

父という柱はさいごまで折れず
散る日まで椿は椿父は父
こんなにも広かったのだ父の傘

母に添いながらわたしも老いてゆく
母を抱くわたしが母の母となり
ゆっくりとこのさびしさに慣れてゆく

だとしてもわたしは選ぶ知る痛み

かなしみを日にちぐすりで希釈する

かじかんだ手をあたためてする看護

うまい酒あれば腐らず生きられる

毎日の酒にその日の味がある

嫌いではないから今日ものむお酒

ストレスになるのでやめておく禁酒
のみすぎの罪でいちにち禁固刑
正解に行き着くまでがおもしろい

日常をみがけばきっと輝ける

おばちゃんにおばちゃんの役ちゃんとある

先ばかり見ていて石にけつまずく

蹟いた石を踏みきり板にする
だんだんとなじんでくれる登山靴
なだめねば我が身の内のモンスター

半世紀ぬくめ続けている卵

地図のない森で五感を研ぎ澄ます

にんげんを休みたい日は深海魚

木守柿めぐりあわせを受け容れる

愛犬がわたしの歳を越えてゆく

定位置に愛犬がいる安堵感

もの言わぬ犬とこんなに通じあう

老犬と歩調合わせてゆく暮らし

身の丈に合ったコースで登る山

荷の重さだんだん慣れる登山道

ゆるやかな坂で坂だと気づかない

靴ひもを結びなおした九合目

安全に下りる足場を探す坂
ハードルを少し下げればまだ跳べる
背負う荷を減らしゆっくり下山する

今ここを生きて世界を俯瞰する

つれづれに

ありのまま

容れもののかたちに生きて水は水
きずひとつ自慢もせぬが恥じもせぬ
満ち欠けをしながらともに生きてゆく
できぬことあって助けに感謝する
輪郭はおぼろなままに愛でる月

雨の日は雨を楽しむ日と決める
愛すればその傷さえもいとおしい
贋作と知っても捨てられぬ器
悟れないままに泣いたり笑ったり
思う絵が描けぬ日もあるまたあした

定型に生きて破調の夢をみる
吠えられて吠え返さずにいるつよさ
ひとの手がおこすいくさ火かまどの火

だれもその苦労は知らぬやじろべえ
こわいのは人の噂がうんだ鬼
動物は食べるぶんだけ狩りをする

森へゆく木の葉をひとつ隠すため
ふと添えた括弧の中にある本音
アホやなぁ声にこもったあたたかさ

溶けだして苦さに気づく糖衣錠
真実の口に手を入れられますか
捨てられたことを知らずに振る尻尾

正直に映す鏡で疎まれる
負けておくことができるという器
つりあった天秤なにも欲しがらぬ

ぬくぬくと生きてたやすく風邪をひく
知らないということ知らぬ無知でした
しろい手のままの神など信じない

傷つかぬふりして傷を深くする
折り合えぬ草とは距離を置いて咲く
なにもせぬことを楽しむ春うらら

ぴたり合うピースさがして語彙の海
ひとことが足りずひとこと言い過ぎる
やんわりと労わられ傷ついている

ロボットに教えられてる人らしさ
いのちまで社会制度が値踏みする
驕りだと知らぬ善意にある微罪

すぐそこと聞いた目的地が遠い

激流を越えたあとから出るふるえ

棺には誰も広さをもとめない

かるくみた小雨しんまで冷えてゆく

にぎやかに飾り孤独はみせぬ窓

砂の城こわれる前にこわす癖

戦争を知らないままの子でいたい
国境のない地図えがく未来の子
異文化にふれて五感がめざめだす

見えるものばかりみていて見失う
りきまないときがいちばんうまくいく
アルコール今日いちにちの毒を消す

触れられぬものが劣化を早めだす
ほんとうにこわい毒とは無味無臭
お手入れでまだまだ動く中古品

愛犬の飼い主だけにみせる顔
信じきる犬をあなたは捨てますか
キャンセルのきかぬボタンを押す迷い

逢うほどに距離の遠さを思い知る
ほどきたくなればほどける蝶結び
幸せは今しあわせと気づくこと

大阪の水がわたしの性に合う
遠目にはきれいに見えた濁り水
見た目にはしあわせそうな家族連れ

ついてくる影はむやみに切りとらぬ

人の子が人を恐れて鬼になる

混線の会話ことばが届かない

地酒の名たどり茶の間で旅をする

知らぬ間にゆっくりと効くいいくすり

丹念にほどくか切るかもつれ糸

やすらかに眠れぬ罰を受ける罪

鬼ごっこ誰かが鬼にならなくちゃ

さばさばと役目を終えた紙コップ

発揮する前にいったん抜くちから

自画像と乖離してゆく肖像画

絞り切りどこか満足げなレモン

多面体どれもわたしの顔である

また父の命日が来る蝉しぐれ

解釈は人それぞれでいい余白

アンバランス

立っているためにゆがみが少し要る
泡のないビール泡しかないビール
ほどほどで切りあげられぬ酒と恋
嫌じゃないけれどイヤだと言うおんな
見ためとのギャップあなたの魅力です

華やかに咲いて香りのない造花
重い荷を背負った華奢な背が揺れる
いなければさびしいいればケンカする
笑ってはいるが今にも泣きそうだ
バランスのとれぬふたりで支え合う

あとがき

ふとしたご縁で句をつくりはじめ、10年になろうとする少し前に、愛する父を見送りました。

川柳マガジン文学賞の準賞をいただいた「今、ここを生きる」は、病の父とともに在り、看取った際に生まれた句です。

その2年後に大賞をいただいた「白衣着る」も、やはり私の日常の実感句たちでした。

作品を目にとめてくださった先生がた、この本を手にとってくださった方々、ありがとうございます。

揺く、アンバランスな私は、これからも満ち欠けをくり返すでしょう。そのなかで、ひとを愛し、つれづれにこの世の色や音、美酒を味わい楽しみ、今ここ、を生きて句をつくり、歌をうたって歩いてゆきたいと思います。

ネットのご縁で私に川柳への扉をひらいてくださった白井公美子（花梨）さん、豊橋番傘に導いてくださった岡部英夫さん、今は亡きおふたりに、深い感謝を捧げます。

夢をかなえてくださった新葉館出版の松岡恭子さん、スタッフのみなさまにも、かさねて御礼申しあげます。

そして、川柳がご縁で出会えたみなさま、いつも私を支えてくれる先輩がた、友人、家族にも、こころからの感謝をこめて、ありがとうございます。

2019年12月

澁谷さくら

●Profile

澁谷さくら（しぶや・さくら）

2005年5月より作句。第13回川柳マガジン文学賞準賞受賞。
第15回川柳マガジン文学賞大賞受賞。
第27回鈴鹿市文芸賞最優秀賞受賞。
豊橋番傘川柳会、静岡たかね川柳会、鈴鹿川柳会誌友。
兵庫県尼崎市在住。

さくらいろ

川柳マガジンコレクション 15

○

令和2年5月12日　初版発行

著　者

澁　谷　さくら

発行人

松　岡　恭　子

発行所

新　葉　館　出　版

大阪市東成区玉津1丁目9－16 4F 〒537－0023
TEL06－4259－3777 FAX06－4259－3888
http://shinyokan.jp/

印刷所

明誠企画株式会社

○

定価はカバーに表示してあります。

©Shibuya Sakura Printed in Japan 2020
無断転載・複製を禁じます。

ISBN978-4-8237-1018-6

さくらいろ